나의 인생 이야기

2022학년도 천안성성중학교
책쓰기 프로젝트 동아리 <글청춘>
3학년 서승원 지음

나의 인생 이야기

발 행 | 2023년 1월 12일
저 자 | 서승원
펴낸이 | 한건희
펴낸곳 | 주식회사 부크크
출판사등록 | 2014.07.15.(제2014-16호)
주 소 | 서울특별시 금천구 가산디지털1로 119 SK트윈타워 A동 305호
전 화 | 1670-8316
이메일 | info@bookk.co.kr

ISBN | 979-11-410-1143-7

나의 인생 이야기

서승원 지음

목차

제1화 유튜브 서사기

제2화   일주일 동안 빠르게 조져지가

제 1화 유튜브 서사기

 이 이야기는 평범하면서도 평범하지 않은 삶을 살았던 한 초등학생이 졸업을 하고 중학교에 입학하여 겪었던 일과 현재 유명한 유튜버가 되는 꿈을 가진 나의 절대 평범하지 않은 중학교 1학년 부터 3학년 까지 100% 나의 실화를 바탕으로 쓴 이야기로, 내 꿈에 첫번째 걸음을 내딛는 이야기다.

-1.중학교-

나는 초등학교를 졸업하고 이제 막 14살
이 된 파릇파릇한 중학생 1학년이다.

중학교란 곳은 정말이지 이제 막 초등학교
를 졸업한 나에겐 정말 큰곳이었다. 하지만
기대감도 없지않아 있었다. 여기선 또 어떤
친구들을 사귈지 또 어떤 선생님들을 만날
지 등등 많은 생각을 하였지만 그 생각을
부서놓은 엄청난 사건이 일어난다.

그것은 바로 대한민국 아니 지구 전체를
비상으로 만든 우한폐렴 다른 말로는 코로
나19라는 팬데믹이 내가 중학교에 들어가
기전 한국을 포함한 전세계로 퍼져나갔다.

그렇기에 내 인생 최초 온라인 개학이라는 것을 맞이했다. 하지만 그래도 학교에 등교를 안한것은 아니였다. 하지만 마스크를 낀 친구들과 선생님들을 봤어야 했다. 하지만 마스크를 꼈기에 자신감(?)을 얻은건지 아니면 너무 오랫동안 학교에 오지 않아 답답했던 것인지 모르겠지만 나는 처음본 친구들에게 먼저 다가가 대화를 나누었다

"뭐 해?" "뭐야 누구세요..?" "저 사람이요" 실제 내가 처음본 친구들과의 대화였다 아마 이때를 시작으로 난 친구들을 한명 두명 늘려갔다. 이렇게 시작은 참 좋았지만 점점 않좋은 일이 시작하는데.... 내가 새로 사귄 친구들중 몇몇 친구들은 나의 그 장난끼 많은 성격을 버티지 못하고(?) 나를 떠나갔다.

또 너무 쾌활하고 시끄러운 성격이 수업시간에 쓸때없는 말을 만들어네니 나를 시끄러운 아이로 여기고 이때부터 나를 놀리고 욕하는 애들이 생겨난것 같다. 그리고 중1 시절... 가장 최악의 사건이 일어나는데 ....

-2 할로윈의 악몽-

1년전 6학년때 나는 포켓몬 go라는 스마트
폰 게임을 즐겨했었다. 포켓몬 go라는 게
임은 서로 배틀도 하고 포켓몬도 잡고 사
람들끼리 모여서 레이드 배틀이라는 쉽게
말해 보스잡기같은 콘텐츠가 있었다.

그 레이드 배틀을 하면서 뭔가 어디서
봤던 처음봤지만 익숙한 얼굴을 보게된다
그 친구는 7살때 나와 같은 유치원을 다니
던 유치원 동창이였다 그때 그 친구도 나
를 알아보고 그 이후로 부터 그 친구 무리
친구들과 합류하게 된다.

그때부터 그 친구들과 축구도 하고 노래방도 가는 등등 아주 재미있게 놀았다. 하지만 약 1년이 지나고 난 돌이킬 수 없는 강을 건너게 되는데.

나는 그 친구들과 약 1년동안 친구 관계를 유지해왔지만 고작 게임때문에 그 친구들과 크게 싸우게 된다. 그렇게 사소한 말다툼부터 스케일이 큰(?) 몸 싸움까지 계속 싸우게되고 마침내 10/31일 결판을 짓는날이 찾아왔다..

하지만 그때 싸우기로 한 애가 엄마가 싸
우지 말라는 어이없는 핑계를 되고 나를
단칼에 쓰러뜨릴 수 있는 애를 대리고 와
대타로 세웠고 난 한대도 때리지 못하고
처참하게 지고 말았다...

하지만 난 그 싸움을 조금 미루었거나 애초에 하지를 말았어야 했다. 나랑 싸운 그 친구는 그때 당시 유행한 델타 변이에 걸리게 되고 나도 2주동안 격리를 하게된다 또 이 과정속에서 싸움을 벌인것도 부모님이 알게되는 최악에 결과를 맞게된다..
그리고 그때 싸운것 때문인지 아님 내 관종끼가 슬슬 드러나기 시작했는지 나는 불안불안하게 2학년으로 오르게되고 그때 난 그렇게 많은 일이 예상할껄 알지 못했다...

비하인드:이때 당시 내 친구들은 팝콘을 먹으면 내 싸움을 지켜봤다.....

-3. 중2병-

중2가 된 난 처음에는 설레고 기대됐다. 이
번어는 누구와 또 친해질까? 이번 담임쌤
은 어떤분이실까? 항상 그렇지만 처음에는
좋았다. 담임선생님도 정말 착하시고 재밌
고 공부도 잘가르치시는 모든 학생들이 원
하는 완벽한 선생님이였다 그리고 항상 열
정이 넘치셨다ㅋㅋ

또 학기 초반에는 친구들도 많이 웃기고
좋은 친구들도 많이 사귀는 행복한 2학년
생활을 하고 있었지만...

.

난 시간이 지날수록 점점 악화되었고 또 1
절 2절에 뇌절을 반복하여 나로인해 분위
기가 계속 싸해졌고 날 싫어하는 애들도
점점 늘어난다..

 그리고 난 이때당시 애들과 가장 많이 싸
웠다. 또 이때난 아마 중2병에 빠져있어
더욱 더 심하게 싸웠던거 같다.그냥 내가
배려하면 끝날일인걸 이기고 싶다는 마음
이커 별에별 짓을 다한것 같다.

하지만 이때 선생님이 날 많이 도와주셨고 또 이때 날 구원해준 빛과도 같은 친구가 있었는데...

-4. 천재소년-

이 친구와 처음 이야기를 한건 역사시간이
끝나고 돌아다니고 있는데 역사책을 펴고
복습을 하는 친구를 보고 먼저 다가갔던것
이 시작이었다. 처음 이 친구를 봤을땐 그
냥 '공부 열심히 하는 평범한 친구네' 정
도였다 하지만 서로 친해지고 이야기를 하
면서 무언가에 비범한(?) 무언가를 느끼게
되고 나에 직감이 틀리지 않았다는걸 알게
된다.

때는 첫번째 중간고사 나는 고작 100점을 하나밖에(?) 못맞았는데 그 친구는 무려 oll100을 맞았다.

　그 이후에도 4번에 시험중 딱 1문제 말고 다 맞는 말그대로 천재소년에 모습을 보여주었다. 또 인성마저 완벽한 친구여서 나를 2학년때 많이 도와주었다.

그렇게 난 주변 사람들에 도움으로 무사히 3학년에 오르게 된다. 그리고 이때부터 나의 꿈에 대한 여정이 시작되는데.....

-5. 내 꿈의 첫 발걸음-

때는 2학년때 여름방학 나는 주변에서도
유튜브 알고리즘에서도 귀멸의 칼날 이라
는 애니메이션을 보고 듣게된다
처음에 그 애니메이션을 보았을땐 '씹덕들
이나 보는거네...'라는 생각이였지만 하도
주변에서 들리길레 도대체 무슨 내용인지
궁금해서 거기서 나온 극장판을 집에서 봐
보았다.

그리고 마지막에 주인공 일행을 지키고 강력한 적과 싸우다 전사한 렌코쿠 쿄쥬로라는 사람이 말한 유언을 듣고 난 펑펑 울었다 그 어떤 작품을 봐도 울지 않던 내가 애니메이션을 보고 운건 처음이였기에 또 그 만화가 생각보다 재미있었기에 난 귀멸의칼날에 입덕하게 된다

그리고 3학년이 되기전 그때 당시난 무기 같은걸 만드는게 취미였기에 귀멸의칼날에 나오는 칼을 만들고 싶어졌고 한번 만들어보니 생각보다 잘 만든것이였다.

그래서 그걸 바탕으로 난 유튜브라는것을
처음 시작하게 된다..
하지만 그것을 계기로 나는 점점 미쳐가기
시작하는데......

-6. 실사화-

2022년 2월달 내가 유튜브를 시작한지 한
달이 다되어가는 때였다.

 나는 또 무슨 콘텐츠를 하지? 싶다가 귀
멸의 칼날의 한 장면을 밖에서 우산을 들
고 따라하는 장면을 보게 된다 그걸 보고
난 '이거닷!'이라는 생각이 머리를 지나갔
고

나는 망토까지 준비하여 추운 겨울 2월19
일 친구들을 불러 영상을 찍었다.

영상을 찍는것은 정말 힘들었다 심지어 친구는 반팔을 입고 촬영을 하였기에 나를 엄청 때렸다 아마 이 친구는 이때부터 날 때리기 시작했을것이다

그렇게 약 10분에서 15분정도에 지옥같은
시간이 지나고 영상촬영이 마무리 되었다.
그래도 애들한테 조금에 출연료를 주어서
욕을 덜 먹었던거 같다.

그 이후로도 나는 이런 쪽팔리고도 웃긴
패러디 영상을 계속 찍어왔다 하지만... 그
게 그렇게 까지 내 인생에 큰 영향을 끼칠
줄은 꿈에도.. 몰랐다

-7. 믿는 도끼에 유튜브 소문난다-

그 이후에도 나는 유튜브 생활을 계속 이
어갔다 하지만.. 예상치 못한일이 일어났고
나의 인생이 바뀌게된다

나는 내 유튜브를 도와준다고 한 친구에게
내 채널명을 알려주었고 다음날 우리 반
친구들과 선생님이 내 유튜브 채널을 알게
되었다 그리고 나는 학교에서 점점 우리
학교 3학년 최고에 관종으로 거듭나게 되
고 현재 우리학교 전교생 10중 7은 아는
우리학교 연애인(?)이 되었다.

-8. 앞으로의 이야기-

이제 날 모르는 사람은 거의 없다 내가 모
르는 후배들도 날 보면 귀남이다 하면서
인사를 한다 물론 장난을 치는 후배들도
있긴하지만 친구관계도 1,2학년때보다 훨
신 좋아졌고 큰 다툼도 없었다 좋은건지
나쁜건지 모르지만 작은 다툼이 있을땐 수
많은 경험(?)으로 잘 해쳐나갔다

.

그리고 현재 지금 난 영상 관련 고등학교
로 가기 위해 열심히 노력하고 있다 비록
전라북도 완주라는 먼 곳에 있지만 나는
반드시 가서 열심히 편집을 배우고 꼭 성
공할것 이다
물론 나를 무시하는 사람들 내 유튜브가
안될꺼라는 사람들도 있지만 그런건 상관
없다 미래는 정해진 것이 아닌 내
가 만들어 가는거니깐 !!

9.유튜브가 꿈인 또는 유튜브를 하려하는 학생들에게..

세상은 많이 변하고 있다 요즘 어린 학생들도 유튜버가 꿈인 학생들도 많다 또 유튜브를 시작하려는 학생들도 많다 그런 학생들에게 딱 3가지만 말하려고 한다

1.단단한 멘탈을 가져라

유튜브를 하다보면 작게는 자신에 친구들 크게는 일진들까지 당신에 유튜브를 놀릴 수 있다 하지만 모두가 그런건 아니다

응원해주고 힘이 되주는 사람들도 있다 그리고 애들이 놀리더라도 오히려 그걸 즐기면 자존감또한 올라갈 수 있다. 예를 들면
'얘도 내 유튜브 아네? ㅎㅎ'
'×× 화이팅!! , ××구독 좋아요!!'
'좋아 나도 힘내보자 화이팅!!'
이런식으로 말이다

2.자신에 유튜브 채널이 알려지는걸
부끄럽게 생각하지 마라

처음에는 부끄럽고 창피 할 수 있다 하지
만 내 유튜브가 알려진다는건 내 이름이
알려지는것 즉 내가 유명해지는 길로 다가
가는 거다 애들이 내 유튜브를 아는걸 부
끄럽게 생각하는게 아닌 오히려 자랑스럽
게 생각하는것이다

 나의 이름이 다른사람에게 내가 모르는
사람한테 까지 알려진거니깐

3.꾸준히 영상을 올려라

이거는 초보 유튜버들 뿐만아닌 다른 중형
대형 유튜버들도 마찬가지다 꾸준히 영상
을 하나하나 올리다보면 언젠간 빛을 볼것
이다 만약 조회수가 항상 100회를 넘지
못한다면 좌절하고 포기하는게 아닌 새로
운 컨탠츠로 다시 도전하고 도전하고 또
도전하면 사람들은 언젠간 당신을 알아줄
것 이다

유튜버가 꿈인 모든 사람들 아님 나처럼
사소한 일로 유튜브를 시작한 사람들 유튜
브가 취미인 사람들 그게 누가 됐건 그 채
널이 유명해지고 성장하기를 응원한다

제 2화 일주일 동안 빠르게 조져지기

현재 2023년 나는 지금 행복한 삶을 살고 있다 귀남이 유튜브 영상도 하나 둘씩 유튜브 알고리즘에 뜨고있다 그리고 유튜브 관련 알바로 25만원이나 버는등 앞으로도 좋은일만 있을것이다

하지만 빛이 있으면 어둠이 있는법
이런 좋은일들이 있기전... 그 악몽같던 일주일... 그 일주일동안 있었던 일은 난 아직도 있지 못한다. 지금부터 유튜버 귀남이가 겪은 그 일주일간에 실화를 풀어보도록 하겠다

12/22:뒷목 땡기는 목요일

오늘은 나와 친한 동생이 시험이 끝나다고
하여 같이 놀기로 한 날이였다 그래서 학
교가 끝나고 노래방에서 놀고 있는데 핸드
폰을 보니 우리 학교 후배에게 전화가 한
통 와있었던 것이다 그래서 이따가 다 놀
고 전화를 준다하니 이런 답변이 왔다
"아니요 연락하지 마세요. 이제 앞으로 선
배한테 연락할일 없을꺼에요 재미있게 노
세요." 순간 뭐지? 라는 생각이 들었다 그
래서 그냥 읽씹을 하고 노래방을 나오고
이야기를 해보려고 채팅창을 들어갔더니
이런 글이 있었다 '이 사람과는 이야기를
할 수 없습니다'

......????????????? ′뭐하자는거지?′ 이 생각이 머릿속에 계속 맴돌았다 그래도 친구들과 놀고있는 상황이였기에 많이 빡쳤지만 우선 나중에 생각해보기로 했다. 친구들과 다 놀고 집에 들어온뒤 나는 곰곰히 생각했다. ′내가 이 새끼한테 못해준게 뭐가 있지..? 아니.. 오히려 내가 차단을 박아도 이상하지 않은 상황 아니야???

′그렇다. 나는 이친구에게 못해준거 없이 잘해주었던 것이다. 이친구가 자격증 시험을 보다 무언가가 잘못되어 시험을 못보게 되어 울며불며 나를 찾아왔다. 그래서 나는 이친구를 잘 달래주었다. 또 자기 심장이 아프다며 병원에 갔을때도 나한테 전화를 하였고 그때도 나는 잘 들어주었다. 이것 외에도 이친구에게 상당히 잘해주려고 노력해왔다. 그리고 이런 적도 있었다.

하루는 이 친구가 나에게 카톡을 보냈다. '
선배 자존심 상하지만 저한테 역사좀 가르
쳐주면 안될까요..?' 솔직히 다시 생각해보
면 싹바가지가 없는 부탁이였다

 이 친구는 내가 역사를 잘하는걸 좀 많이
재수없게 보기도 하였고 이런 이야기를 꺼
낼때마다 기분나빠했는데 갑자기 이런부탁
을 하여 기분이 안나쁘게 이상할 상황이였
지만 나는 역사부심이 엄청나였기에 '크
이게 나야~' 하며 흔쾌히 수락하였다

 그렇게 나와 그친구를 포함한 후배 두명
을 우리집으로 데리고 왔다. 하지만 그건
나의 완벽한 실수였다.

우선 우리집으로 와서 공부를 하기 전에
한번 참고자료가 되라고 내가 2학년때 보
았던 시험지를 보여주었다.

그때 갑자기 나한테 역.사. 를 배우고 싶
어 우리집으로 온 친구가 나에게 화를내기
시작했다 그 이유는 단순하면서도 어이없
었다 내가 2학년때 역사는 80점 밑으로
내려간적이 없지만 영어는 최저 점수가 무
려 14점... 내가 봐도 답이 없지만 그 친
구는 그게 어이가 없었나보다

갑자기 나에게 예전 영어 시험지를 가지고
와 나를 가르치기 시작했다(?????) 왜 이
걸 틀리냐 이런식으로 자기가 내 영어 과
외쌤이라도 된듯 나를 가르친것이다 나는
어이가 없어서 다른건 잘했다고 하니깐 "
어쩌라고요?" 라고 하며 계속 가르쳤다.

이때당시 나는 영어에 트라우마가 있어 영어를 낮게 맞았을때 울먹이며 영어쌤을 찾아간 적도 있다 그런 아픈데를 건드렸으니.... 나는 울음이 터지고 말았다..

그렇게 조금 울고 역사를 시작하려고 할때 갑자기 지가 울기 시작했다(?) 물론 그때 자기 부모님이 왜 함부로 남의 집에 가냐며 집착을 하였기에 스트레스가 배가 되었고 또 자신의 선배를 자기가 울렸다는 그런 생각때문에 울음이 터진것 같았다.

그리고 그친구는 우리집을 나오고 나는
남은 한 친구를 가르치려 했지만 도저히
그럴 분위기가 아니여서 그냥 남은 친구를
데려다 주려고 하였는데 그 친구에게 연락
이 왔다 잠깐 우리집 옥상에 있어도 되냐
는 부탁이였다. 내가 힘든일이 있으면 우리
집 옥상으로 오라고 말을 했기 때문이다

나는 곁에 있던 후배와 빠르게 달려와 그
친구를 데리고 우리집으로 와서 옥상에서
진정을 시켰다. 그리고 집을 나선 후 그
친구에게 미안하고 고맙다고 연락이 왔
다. 이런식으로 내가 이친구에게 해준것이
몇개이고 심지어 나를 차단하기 4일전 그
동안 정말 죄송했다고 사과를 했다. 근데
4일뒤 갑자기 차단을 해버리니...

이거는 그냥.... 아주아주 나쁜말을 적고싶
지만 여기는 동아리기에... 여기까지만 말하
겠다
암튼 이 이후로부터 나에 불운은 시작되었
다...

12/23 속이 불타는 금요일

나는 너무나도 화가났다. 정말 2022년에
느낀 분노중 Top 1이라고 자신있게 말 할
수 있다 그래서 난 적어도 나를 차단을 한
이유라도 알고싶어 그 친구 선생님을 찾아
가서 이야기를 했다.

중간에 이야기를 할때 그 친구가 왔었지
만.... 그때 걔를 잡아두고 이야기를 했어야
했다. 걔가 나간 후 선생님은 걔를 불렀지
만 우연인건지 눈치를 깐건지 그 친구는
그자리에 없었다. 그래서 다음주 월욜날 이
야기를 하자하고 날 돌려보냈다.

돌아가는 길에 난 그 친구를 마주쳤지만 선생님과 3명이서만 이야기를 하고싶어 그냥 지나갔다 하지만... 다음주 월요일이 되고 화요일이 되고 수요일이 되고 마지막 졸업식까지도 그 선생님이 나를 부르는 일은 없었다

바쁘셔서 까먹은건지 나를 부르면 큰 일이 터질껄 예상하셨는지 또 걔는 축제때 바이올린 연습에 한참이라 축제 연습에 방해가 될까 올라가기도 애매한 상황이였다.

결국 난 걔가 날 차단을 한 이유를 나중에 알게 될 지도 모르겠지만 이 이야기를 쓰는 지금까지도 알아내지 못하였다...

그렇게 엄마와 밥을 먹으며 이야기를 나누었다 대체 내가 무엇을 잘못한걸까.. 이에 엄마는 답했다 "원래 여자에 마음은 오락가락 한거야"...... 내가 원하는건 그런 팩트를 말하는게 아닌데...

\

 그걸 내가 모르겠나.. 그리고 엄마는 한마디를 덜붙였다 "니가 잘못한게 있다면 니가 걔한테 너무 잘해준거 때문이야"......... 나는 더는 말할 가치를 잃고 방에 들어가서 펑펑 울었다.. 너무 억울했다 잘해준게 죄라고? 그게 무슨 소리일까..? 그렇게 시간은 크리스마스 이브로 주말로 넘어가고 말았다...

12/24 나만 없어 크리스마스 이브 토요일

그렇게 찝찝한 마음으로 주말... 하필 크리
스마스 이브를 맞이한 나 딱히 할것도 없
었기에 나는 촬영에 필요한 소품들을 일룬
도 두개를 만들며 시간을 보내고 있었다

그러다 심심해서 밑에밑에 층에사는 친구
를 불러 홈파티를 했다 그때 친구는 어떤
여자애와 문자를 주고받고 있었다.. 싸늘했
다

그리고 친구를 돌려보내고 내일 놀기로
한 친구들에게 전화를 했다... 전화를 했는
데... 갑자기 내일 이모네가 오신다고 하였
다... 하하 괜차너 한명 더 있으니깐!! 그
친구는 내일 탈진을 하여 못놀꺼같다고 하
였... 하하하하 괜차너!! 괜차너!!! 다른친구
부르ㅁ... 엄마가 나가지 말라고 하였다....
ㅎㅎ 인생ㅅㅂ..^^

그때 마침 내가 좋아하는 애니메이션을 하
고있어서 보고 있었는데... "카톡!" 한 카톡
알림이 왔다... 그 내용은 아까 밑에밑에
층에 사는 친구가 고백을 받았다는 내용이
였다.. 난 화가났다 그리고 마음이 아프고
슬펐다 친구가 크리스마스 이브에 솔로를
탈출한것도 배가 아팠지만 더 짜증났던건
나와 크게 싸우고 손절한 후배와 그걸 알
게된지 하루만에 고백을 받아준 것이였
다... 심지어 연락한지 이틀만이였다 9년지
기 친구지만 참 개새끼다 ㅎㅎ

증말로다가 암튼 그래서 찔끔 눈물까지 났다... 그리고 슬픔을 진정시키고 잠에들기 전 핸드폰으로 페북을 보고있는데.. 내가 아는 후배가 연애중이 떴다 물어보니깐 긍정했다..

ㅅㅂ 내 주변 친구들중 2명이나 크리스마스 이브날 고백을 받았다... 참고로 난 지금까지도 모솔이다 암튼 내 인생에서 가장 슬픈 크리스마스 이브 이야기가 끝났다. 하지만 진짜는 지금부터 시작이였다

12/25 내 인생 최악의 크리스마스날 일요
일

그렇게 크리스마스날 아침을 맞은 나는 크
리스마스 특집 영상을 올리고 오후에 작업
을 마무리 하려고 좀 쉬고있었다 그때 엄
마가 내가 빼빼로데이날 받은 마지막으로
남긴 일부러 남겨둔 빼빼로를 먹고 있었다..

이때부터 마음이 아팠다 그리고 칼을 만들
고 칼집을 만들고 락카칠을 하면서 ㅈㄴ현
타가 씨게 왔다..그리고 저녁을 먹기전 친
구에게 갚을돈을 뽑기위해 잠깐 밖으로 나
왔다 가기전 바람을 맞으며 길을걸으니 내
가 무엇을 잘못했지?

라는 생각을 하게 되고 그때 밑에밑에층에
사는 친구를 마주쳤다.. 눈물이 핑 돌았다
솔직히 조금 울었다 그래서 슬픔을 딛고
내친구와 이야기를 하며 은행에 가기로 했
다 내친구는 데이트를 하고 왔다고 했다
.... ㅅㅂ

 그리고 나를 엄청 놀렸다 ㅈㄴ 놀렸다 그
리고 길을 걷다가 넘어지기 까지 했다 친
구는 날 비웃었다 뭐 나도 얘 헤어질때 마
다 놀렸으니 업보는 개뿔 슬펐다 그냥 슬
펐다

그리고 집에 와서 언젠간 이 이야기를 영
상으로 쓰기위해 지금도 이 이야기를 남기
고 있다... 암튼 나는 인생 최악에 크리스
마스라고 스토리를 올리지 내 후배에게 자
기도 그렇다며 서로의 슬픔? 을 공유하며
그나마 그나마 마음이 괜찮아 졌지만 이날
이 내 인생 최악에 크리스마스 악몽같은
크리스마스였다 거의 군대에서 재설작업하
는데 사단장이 방문하는것 같은 마음이 아
픈 느낌을 받았다...

12/26 결국 마음이 폭팔한 월요일

나는 우울했다 놀기로 했던 약속도 다 취소되고 친구들은 솔로탈출에 난 칼이나 만들었기 때문이다 암튼 그래서 학교에가서 난 축제준비로 한창 바쁜 우리반에 구석에서 그냥 책이나 읽고 있었다...

책을 읽어도 누워있었도 그냥 있어도 나의 슬픔은 사라지지 않았다 이번년도에 8월쯤 왔던 슬럼프 그 단기간적 슬럼프가 다시 찾아온 것이였다 내가 생각한 나에게 온 슬럼프란 인생이 공허해지고 아무것도 보이지 않고 삶에 대한 의욕이 없어지며 슬픈 노래같은걸 들으면 눈물이 나 펑펑 울게되는 그런것이였다 그때가 되면 나의 활기찬 성격은 없어지고 우울함과 공허함 이 두가지 성격만이 나에게 남는다 지금 나는 이번 크리스마스 이브와 크리스마스를 아무의미 없이 넘겨보낸것과 자신이 잘해주던 후배에게 이유없이 차단당한 것 이 두가지 사건으로 8월달에 온 슬럼프보단 약했지만 어째건 슬럼프는 슬럼프였다

그리고 아직 난 이 학교학생이였기에 그 후배에 얼굴을 지나칠때마다 가끔 마주쳤다 그렇기에 나는 피해야겠다는 마음 도망쳐야겠다는 약한 마음까지 자라나 마음의 상처까지 생긴 터였다

그래서 이 감정을 터뜨리고 싶다는 생각이 들었다 내감정은 이때 물집과도 같았다 떠뜨리는 그 순간은 아프겠지만 그 이후에는 상처가 점점 아물어지듯 나의 마음도 현재 그 상태에 이르렀다

나는 나의 마음을 들어줄 수 있는 우리반 담임쌤에게 부탁했다 고민상담을 하고싶다고 담임쌤은 흔쾌히 허락하였다

그때 나는 울음을 터뜨렸다 펑펑 울었다 고작 4일이였지만 4일동안 받은 마음의 상처가 어마무시하게 컸던것이였다 나는 펑펑 운뒤 그 후배와 있었던 일을 말하였다 이때 담임쌤은 나에게 이렇게 말하였다 어차피 졸업하는데 상관없지 않느냐 걔가 병신짓 한거지 니가 병신짓 한거냐며 니가 친구가 없는것도 아니라며 그런 애는 쿨하게 잊으라고 하였다 나는 나의 편을 들어주신 담임쌤께 감사함을 느꼈고 담임쌤을 꼭 안았다 너무너무 고마웠다 이 세상에 내 편이 있다는게 너무너무 고마웠다 그렇게 반에 들어오고 담임쌤은 내가 그래도 우울하게 앉아있으니 나를 달래주라고 하였다 친구들도 나를 잘 달래주었다

그래도 나에겐 나의 편이 되어주는 친구들이 있다는 것이 고마웠다 그리고 집에와서 곰곰히 생각했다 이게 맞는건가 찾아가야 할까..? 할때 내 친구 여친이 그 후배와 똑같은 바이올린 동아리라는걸 떠올렸고 내 친구에게 전화를 걸었다 "오늘 니 여친 연습 있어?" 라 물어보니 친구는 무언가 눈치를 챈듯 이유를 물었다

 그렇게 에매한 대화가 이어질때 친구가 할말이 있다며 나를 음악실로 불렀다 음악실로 간 나는 그 후배와 마주쳤다 하지만 아무말도 하지 못하고 지나갔다 그리고 음악실에 들어가 내친구랑 이야기를 했다 내 친구는 자신의 여친과 니랑 손절깐 애가 서로 싸웠다가 화해를 했다고 했다

근데 그 싸웠던 이유가 나때문이 컸다는 것이었다 때는 10월달로 돌아가 내가 그 친구의 여친과 크게 싸웠을때 나는 생각했다 '둘다 쌍방인데 왜 걔는 자기잘못을 모르지?' 그래서 나는 손절깐 후배에게 전화를 걸었다 그래도 손절까기 전에는 나에게 예의바르게 잘 대해주었고 또 그때 당시 싸웠던 애랑 친구였기 때문이다 나는 10월달 나와 싸웠던 애가 자기 잘못만 알게 해달라고 부탁을 했다 그 이후에 서로 크게 싸웠다고 했다

심지어 나랑 싸운 후 따로 찾아와서 자기가 나때문에 그친구와 손절하고 크게 피해를 봤다고 했다 근데 걔는 이상하게 나랑 자신 둘다 불편하다 해놓고 나와 같이 다닌다고 들은 기억이 떠올랐다 지금 현재 지금 나와 손절까고 그 친구와 화해한 나와 손절을 깐 그 후배... 나는 머릿속으로 생각했다. '두가지를 다가질 수는 없다,

52

하나를 가지려면 하나는 포기해야 한다.'
이 외에도 정말 다양한 생각을 했지만 나
의 머리만 아플 뿐이였고 결국 그냥 이 상
황 자체가 답이 없다는 판단을 하고 잊자
잊자라고 생각했다.... 그리고 또 반복되는
하루가 지나갔다

12/27 나의 실수로 화를 부른 화요일

화요일은 뭐 그다지 나쁘지 않았다 굳이
나쁜일을 뽑자면 애들이 축제 준비 한다고
내가 칠판에 심심해서 그렸지만 좀 잘그린
그림을 지운것인데 뭐 사진도 찍어놓았고
지워질꺼란건 예상했기에 이것도 굳이 생
각난거고 이때는 축제날로 바빴다 즉 정신
이 없었기에 나쁜일은 일어나지 않았지만
그 마.지.막.씨.앗.은 자라나고 있었다
나는 복도를 지나가다 축제때 각 반 부스
중 메이드 카페를 한다는 소식을 듣고 내
영상에서 시노부 옷을 입고 출현한 애를
찾아가 "메이드복 입으실?" 이라 물었더니
"그거 말하려고 했음 빌려줘" 라고 말했다
역시 기대를 저버리지 않았다 하지만 그
메이드복을 빌려주지 말았어야 했다

12/28 마지막 불운이자 행운의 시작 수요
일

나는 메이드복을 종이가방에 넣고 학교에
갔다 그리고 난 메이드복을 가져다 주었다
그리고 축제 시간이 되자 나는 친구들과
신나게 축제를 즐겼다 그렇게 즐기다 보니
나는 순간적으로 생각이 들었다 '메이드
복.... 불안하다;;'

 그리고 돌아다녔다 내가 빌려주긴 했지만
온몸에 소름이 돋고 불길한 일이 일어날꺼
란걸 내 온몸이 알려주고 있었다 속이 어
지럽고 오장육부가 뒤틀리는 기분이였다

그렇게 번개처럼 계속 우당탕탕 뛰어다니며 결국 메이드복을 입은 그 모습을 발견했다 계속 뛰었던 탓일까 다리가 풀렸다 솔직히 쪽팔린건 개지만 걔는 오히려 좋아했기에 그냥 다녔다 하지만 불길한 느낌 그 불길한 느낌은 그것이 아니었다

가던 도중 나와 손절을 깐 후배를 마주쳤고 걔는 메이드복을 입은 나의 후배에게 막 뭐라고 하였다 무언가 나에게 애한테 지금 뭐하는거냐고 따지려는듯한 나의 개인적인 생각이 들었지만 딱히 아무말도 하지 않았 아니 아무말도 안.하.였.다. 그리고 그냥 메이드복을 입은 그 친구는 나와 손절을 깐 후배를 따라갔다... 내 몸이 느꼈던 엄청난 불길함은 이거였던걸까...?

나는 알아서 놀아라 하고 그 자리를 떠났
다 마음이 심란했다 그래서 난 위에 사격
장이 있는걸 떠올리고 사격장으로 가 사격
을 하였지만 한발도 못맞추고 내려갔다..
우리반으로 갔다 근데 우리반 문에 이런것
이 붙혀있었다 "폐업" 사람이 고작 6명인
가 2명인가 왔다고 했다... 나는 우리반에
있다가 이렇게 울적할 수만 없다 생각해

친구가 안쓴 쿠폰을 받고 조금이나마 즐겼
다 그리고 난 다 놀고 메이드복을 받으러
찾아가고 걔는 딱히 말 안해도 누구랑 있
는지 알것이다 나랑 손절깐 그 친구는 내
가 종이 가방을 가지러 갈때 바로 앞에있
었지만 나를 보지 않았다.. 마음은 씁슬했
다

그리고 난 우리반으로 내려와 짐을 정리하고 점심을 먹으러 갔다 점심을 먹고 난 컴퓨터실로 와 노래를 들으며 울었다 내가 왜그랬을까 마지막까지 왜그럴까 하며 울었다

그리고 마지막 공연을 보러 강당으로 갔다
그치만 뜻밖에도 전교 부회장이 나를 찾아
왔다 그리고 이따가 시간이 날때 노래부르
는걸 시킬껀데 나한테 나와달라고 부탁했
다 나에겐 엄청난 행운이였다 때마침 난
축제 오디션에 떨어진 상황이였고 이것은
누가봐도 유튜브 각이였기에 흔쾌히 받아
드렸다 아니 나에게 내려진 은총이였다 그
렇게 난 정동원의 가리워진 길이란 노래를
불렀고 그건 조회수가 2600회로 현재 구
독자가 400명때인 나에겐 대박 조회수가
터진것이였다 그렇게 그 이후로 7일간 있
었던 나의 불운은 모두 끝나게 된다

인생은 롤러코스터라는 말이 있다 아무리
슬픈일이 있어도 아무리 힘든일이 있어도
그 고난을 잘 이겨내면 앞으로의 일은 쉽
게쉽게 풀릴 수 있다 귀멸의 칼날이라는
애니메이션에서 주인공인 탄지로는 이런
이야기를 한다 '우리의 삶은 날씨와 같아
서 해가 쨍쨍 내리쬐는 날이 올때도 있고
눈이 계속 오는것도 아니다' 이렇듯 너무
안좋은 일이 있다고 좌절하지 말고 끝까지
잘이겨내어 더 좋은일이 일어나길 바라는
마음으로 이 이야기를 써본다.

일어나라! 좌절하지 않고 일어나 앞으로
나아가다보면 빛은 반드시 보일것이다!!